Analyse d'œuvre

Rédigée par Tatiana Sgalbiero

L'Avare

de Molière

JEAN-BAPTISTE POQUELIN, DIT MOLIÈRE

- Né en 1622 à Paris.
- Mort en 1673 dans la même ville.
- **Quelques-unes de ses œuvres :**
  - *Les Précieuses ridicules* (comédie en un acte et en prose, 1659)
  - *Le Tartuffe* (comédie en cinq actes en vers, 1664)
  - *Le Bourgeois Gentilhomme* (comédie-ballet en cinq actes et en prose, 1670)

Molière, Jean-Baptiste Poquelin de son vrai nom, compte parmi les grands écrivains de la littérature française du XVIIᵉ siècle. Après avoir suivi une formation digne des plus grands seigneurs de son temps, il se lance dans le théâtre, d'abord en tant qu'acteur puis comme auteur. Il développe la comédie dans tous ses aspects, depuis la farce jusqu'à la comédie-ballet, et l'impose comme un genre à part entière et sérieux en appliquant à celle-ci les principes de l'esthétique classique, utilisés notamment dans la tragédie, genre noble par excellence.

Il signe son premier grand succès avec la création, en 1659, des *Précieuses ridicules*. Il enchaîne ensuite, jusqu'à son décès, l'écriture et la réalisation de pièces comiques afin de divertir son royal protecteur, Louis XIV (1638-1715). Mais sous leurs airs amusants se cachent des œuvres fortes qui ont plus d'une fois été sources de vives polémiques. Traitant de sujets d'actualité, elles ont souvent choqué certains pans de la société directement visés. C'est ainsi que *L'École des femmes* soulève un tollé tel qu'on en a rarement vu en 1662, Molière étant accusé de corrompre les goûts du public avec des pièces grossières et choquantes. *Le Tartuffe*, créé à l'occasion de la fête des Plaisirs de l'Île enchantée (Versailles, mai 1664), est lui aussi à l'origine de l'un des plus grands scandales de l'époque, car Molière s'en prend directement aux adversaires politiques de Louis XIV, et plus précisément aux dévots. La pièce sera finalement interdite.

Très apprécié de son public, Molière ne craint pas d'affronter la colère de ses cibles. Auteur-acteur polémique, il fait parler de lui jusqu'à son dernier souffle et sa réputation licencieuse le poursuit jusqu'à la fin de sa vie.

L'AVARE

- **Genre** : comédie de caractère.
- **1re représentation :** le 9 septembre 1668, au Palais-Royal à Paris.
- **Édition de référence :** *L'Avare*, Paris, Larousse, 1990.
- **Personnages principaux :**
  - Harpagon, maître de maison
  - Cléante, fils d'Harpagon
  - Valère, intendant d'Harpagon, amoureux d'Élise
  - Frosine, entremetteuse
  - Maître Jacques, cocher et cuisinier d'Harpagon
  - La Flèche, valet de Cléante
  - Élise, fille d'Harpagon
  - Mariane, fiancée d'Harpagon et amoureuse de Cléante
  - Anselme, vieux notable
- **Thématiques principales :** l'avarice, l'argent, la colère, le mariage contrarié, l'amour, la vie sans contrainte.

Monté pour la première fois le 9 septembre 1668 au Palais-Royal à Paris, *L'Avare* est une comédie en cinq actes, en prose. Elle est classée parmi les comédies dites de caractère, car tout le comique découle du comportement inadapté d'un seul personnage : Harpagon. Molière se base ici sur la comédie d'intrigue à l'italienne pour faire avancer son histoire. À cette époque, l'auteur clôt une période difficile de sa vie, marquée par d'importants problèmes familiaux, de santé et d'argent.

Un peu boudée par le grand public, elle n'est représentée sur scène qu'une quarantaine de fois. Ce n'est qu'après la mort de Molière que la pièce aura un réel succès. Et pour cause : il s'agit de la comédie la plus sombre de Molière, marquée par l'aveuglement d'un père empêchant le bonheur des couples formés par son fils et sa fille.

LA VIE DE MOLIÈRE

| Portrait de Molière, par Pierre Mignard, vers 1658.

UNE ÉDUCATION SOIGNÉE

Le 15 janvier 1622, à Paris, a lieu le baptême du jeune Jean-Baptiste Poquelin. Issu d'une famille de commerçants aisés, il est l'aîné de six enfants qui mourront tous avant lui. Son père est tapissier ordinaire du roi. À l'âge de dix ans, il perd sa mère. Un an plus tard, son père se remarie et lui donne trois sœurs.

Depuis le décès de sa mère, le jeune Jean-Baptiste est très proche de son grand-père. C'est ce dernier qui l'initie au théâtre, notamment à celui de l'Hôtel de Bourgogne et au théâtre des Italiens.

Tout au long de son enfance, il reçoit une éducation humaniste solide au sein du collège jésuite de Clermont, aux côtés de fils de grands seigneurs. Il étudie le latin, la philosophie – peut-être auprès du philosophe Pierre Gassend, dit Gassendi (1592-1655) – et le droit. Il obtient le titre d'avocat, mais ne pratiquera jamais ce métier.

LE GRAND DÉPART

Logeant dans le quartier animé des Halles, Jean-Baptiste Poquelin découvre l'univers des acteurs. Il y fait ses débuts sur les planches auprès d'un marchand de contrepoisons, et s'initie au jeu d'acteur auprès de la famille Béjart, et plus particulièrement de Madeleine Béjart (1618-1672). Suite à cette expérience, il est convaincu que sa voie est celle du théâtre, et abandonne tout, y compris la charge de tapissier qui lui revenait, pour devenir acteur.

En juin 1643, il fonde avec la famille Béjart, entre autres, la troupe de l'Illustre-Théâtre. Il prend alors le pseudonyme de Molière. Cette nouvelle troupe entre en concurrence avec celles de l'Hôtel de Bourgogne et du Marais. Malheureusement, leur compagnie ne parvient pas à s'imposer et connaît une série d'échecs. Les difficultés financières s'accumulent : son père peine à rembourser les créanciers de son fils, et Molière passe quelques jours en prison pour non-paiement de dettes.

Molière et sa troupe quittent ensuite Paris pour se rendre en province. Entre 1645 et 1658, ils sillonnent pendant 13 ans les routes, vont de ville en ville et donnent des représentations en tous genres. Durant cette période, Molière développe ses talents d'acteur, mais il en profite également pour écrire ses premières farces : *Le Médecin volant* (vers 1645-1647), *L'Étourdi* (1655), *Le Dépit amoureux* (1656), *La Jalousie du Barbouillé* (1660), etc.

Jusqu'en 1650, la troupe de l'Illustre-Théâtre a pour protecteur le duc d'Épernon (1592-1661), gouverneur de Guyenne. Elle devient ensuite, entre 1653 et 1656, la troupe de l'un des hommes les plus puissants de France, le prince de Conti (1629-1666), gouverneur du Languedoc. Après cela, c'est sous la protection de Monsieur, Gaston d'Orléans (1608-1660), que la troupe revient à Paris.

DES COMÉDIES QUI FONT POLÉMIQUE

En octobre 1658, Molière et sa troupe rentrent à Paris. Ils se produisent au Louvre devant le roi et jouent à cette occasion la tragédie *Nicomède* de Corneille (1606-1684), suivie par la farce *Le Docteur amoureux*, rédigée par Molière lui-même quelques années plus tôt. Le succès qu'ils rencontrent grâce à cette petite comédie est tel que Louis XIV leur octroie la salle du Petit Bourbon, située face au palais du Louvre.

Si ses pièces comiques sont très appréciées du public, elles font aussi scandale. C'est le cas notamment de *L'École des femmes*, qui marque les esprits en 1659, car, en plus de traiter de sujets d'actualité, Molière érige la farce en un véritable genre, ce qui n'était pas bien vu à l'époque. Des pièces telles que *Le Tartuffe* (1664) ou encore *Dom Juan ou le Festin de pierre* (1665) font parler d'elles. Malgré tout, Molière parvient à obtenir la faveur du roi, qui désigne sa compagnie comme la troupe officielle du roi et leur alloue une pension.

Plus qu'un simple mécène, Louis XIV accorde son amitié à Molière, et lui offre sa protection contre certains de ses détracteurs. Aussi, il lui octroie une salle de théâtre dès leur première rencontre, ce qui permet à Molière d'établir confortablement et sûrement sa troupe. En signe d'amitié, Molière le choisit comme parrain de son premier fils. Cependant, Molière n'est qu'un protégé parmi tant d'autres, et certainement pas le plus privilégié. Louis XIV n'empêche d'ailleurs pas l'interdiction de certaines de ses pièces et ne prend pas sa défense lorsque *Le Bourgeois gentilhomme* est vivement critiqué. À la fin de sa vie, sous l'influence de Mme de Maintenon (épouse morganatique de Louis XIV, 1635-1719), Louis XIV se détourne du théâtre, et donc de Molière, à la faveur de la musique et de Lully (1632-1687). Néanmoins, lorsque Molière décèdera, le roi veillera à ce qu'il soit inhumé chrétiennement malgré le désaccord de l'Église.

UNE FIN DE VIE MARQUÉE PAR DE NOMBREUX CHEFS-D'OEUVRE

En février 1662, Molière épouse Armande Béjart, sa cadette de 20 ans. Le mariage ne sera pas vraiment heureux, Armande commettant quelques écarts de conduite.

En avril 1664, Molière participe activement aux Plaisirs de l'Île enchantée, organisés à Versailles, avec d'autres grands artistes de l'époque, tels que Lully.

À partir de 1666, alors que Molière connaît quelques problèmes de santé, il rédige ses plus grands chefs-d'œuvre : *Le Misanthrope* (1666), *Le Médecin malgré lui* (1666), *L'Avare* (1668), *Le Bourgeois gentilhomme* (1670), *Les Fourberies de Scapin* (1671), et bien d'autres encore.

C'est au cours d'une représentation du *Malade imaginaire* que, le 17 février 1673, Molière fait un malaise sur scène et meurt plus tard dans la soirée à son domicile. Il est inhumé durant la nuit.

RÉSUMÉ DE *L'AVARE*

PREMIER ACTE : LA PRÉSENTATION DES PERSONNAGES

Cléante et Élise sont les deux enfants d'Harpagon, un riche veuf profondément égoïste qui projette de marier ses enfants à des partis intéressants afin qu'ils augmentent son capital personnel. Mais Cléante est épris en secret de Mariane, une jeune fille pauvre, que son père convoite également sans connaître l'amour que son fils éprouve pour celle-ci. Élise, elle, est amoureuse de Valère, un jeune homme en quête de ses origines, qui, afin de vivre à ses côtés, s'est fait engager en tant qu'intendant d'Harpagon.

Cléante est décidé à tenir tête à son père, quitte à fuir avec Mariane. De son côté, Élise trouve la force de s'opposer, vainement, à son père qui la destine au vieil Anselme, prêt à l'épouser sans dot. Inquiet d'être volé et désireux d'accroître sa richesse, Harpagon ne voit pas le désespoir de ses enfants. Il se tracasse surtout au sujet d'une cassette de 10 000 écus d'or qu'il a enterrée dans son jardin.

DEUXIÈME ACTE : UN MONDE CUPIDE

Avec l'aide de son valet La Flèche, Cléante tente de trouver une solution afin de vivre avec Mariane. Il souhaite emprunter de l'argent, par l'intermédiaire d'un courtier, à un mystérieux personnage. La Flèche, qui s'est renseigné pour lui, lui énonce les conditions étonnantes et exorbitantes de l'emprunt. Ils découvrent que le prêteur n'est autre qu'Harpagon dont la richesse provient de ses activités d'usurier.

Un nouveau personnage fait son entrée, Frosine. Jouant les entremetteuses, elle est là pour arranger le mariage entre Harpagon et la jeune Mariane, et pour en fixer les termes. Elle assure à l'avare que Mariane aime les vieillards et que, bien qu'elle n'ait pas de dot, elle lui permettra de faire d'importantes économies. Frosine sollicite ensuite une récompense pour son travail, car elle connaît quelques difficultés, mais Harpagon reste sourd à ses requêtes.

TROISIÈME ACTE : LE NŒUD DE VIPÈRES

Harpagon prépare avec l'aide de Maître Jacques, son cocher-cuisinier, le repas de fiançailles qu'il doit donner pour accueillir Mariane et Anselme. Maître Jacques veut organiser un festin, ce qui met en colère Harpagon, toujours soucieux de dépenser le moins d'argent possible. Valère intervient et propose de s'occuper de tout à moindre coût. Son intervention énerve Maître Jacques. Ce dernier menace Valère qui le bat. Maître Jacques jure de se venger.

Pendant ce temps, Mariane se confie à Frosine : elle ne veut pas épouser Harpagon. Frosine lui énonce les avantages de ce mariage. Harpagon arrive et, par ses propos, dégoûte davantage la jeune fille. Cléante entre alors en scène. Mariane découvre qu'il est le fils de son promis. Grâce à un dialogue à double sens, Cléante et Mariane se disent leur étonnement mutuel de la situation et, devant Harpagon, Cléante lui offre une bague, prétendument au nom de son père. Furieux, Harpagon sort et tombe sur le sol.

QUATRIÈME ACTE : LA CRISE

Les jeunes gens ne voient pas de solution à leur situation. Ils sollicitent Frosine pour qu'elle les aide à tromper Harpagon. Ce dernier, surprenant Cléante embrassant la main de Mariane, soupçonne son fils de lui cacher quelque chose. Lui faisant croire qu'il lui destine Mariane, il parvient à faire avouer à Cléante son amour pour la jeune femme. Harpagon lui annonce alors qu'il est bien décidé à épouser lui-même Mariane. Le père et le fils se disputent.

Maître Jacques est alors sollicité en tant qu'arbitre. Il va de l'un à l'autre, transformant leurs paroles et faisant croire à chacun que l'autre renonce à Mariane. Peu après son départ, Harpagon et Cléante se rendent compte du malentendu et se disputent à nouveau. Harpagon chasse et déshérite Cléante.

La Flèche arrive auprès de Cléante et lui annonce qu'il a volé la cassette d'Harpagon. Ce dernier découvre le vol, pleure et menace tout le monde au cours d'un long monologue désespéré.

CINQUIÈME ACTE : LA RÉSOLUTION

Harpagon a appelé un commissaire pour qu'il enquête sur le vol de sa cassette. Maître Jacques est interrogé et, toujours désireux de se venger, accuse Valère du vol. Il interroge son maître et se sert de ses réponses comme preuve contre l'intendant.

Valère apparaît alors. Harpagon lui reproche son crime, sans préciser ce dont il s'agit. Valère, pensant qu'il lui parle de sa liaison avec Élise et de sa supercherie, avoue son crime, sans jamais le mentionner explicitement. S'ensuit donc un long quiproquo au terme duquel Harpagon apprend toute la vérité, alors que Valère ignore toujours qu'Harpagon parle du vol de la cassette. Le vieillard est bien décidé à punir Élise et Valère.

Anselme entre alors en scène. Harpagon le somme de poursuivre Valère en justice, car il lui a ravi sa fiancée. Valère révèle alors qu'il a découvert ses origines, qu'il est le fils d'un gentilhomme napoli-tain dont la famille a disparu en mer. Suite au récit de ses origines,

Mariane découvre en lui le frère qu'elle pensait avoir perdu depuis plusieurs années. Anselme avoue alors qu'il se cache sous un faux nom depuis des années et qu'il est en réalité Don Thomas d'Alburcy, le père de Valère et de Marianne.

Harpagon profite de la situation pour réclamer à Anselme l'argent que lui aurait volé Valère. Cléante intervient et négocie la cassette contre la main de Mariane. Préférant l'argent, Harpagon renonce à Mariane. Anselme, pour apaiser tout le monde, accepte de payer tous les frais engendrés par les deux mariages à venir, celui de Cléante et de Mariane ainsi que celui de Valère et d'Élise.

L'ŒUVRE EN CONTEXTE

L'EUROPE DU XVIIᵉ SIÈCLE

L'Europe du XVIIᵉ siècle est le théâtre de nombreux conflits, notamment sur le plan religieux. Suite au concile de Trente (1545-1563), l'Église catholique lance le vaste mouvement de la Contre-Réforme. Affaiblie par la Réforme protestante au début du siècle passé, elle entend ainsi recouvrer son prestige et reconquérir les fidèles acquis au protestantisme. Des tensions politiques naissent donc entre catholiques et protestants, notamment en France, en Allemagne et dans les Pays-Bas espagnols.

Le protestantisme naît au XVIᵉ siècle suite à la publication, en 1517, des 95 thèses de Martin Luther (1483-1546). À travers celles-ci, le réformateur allemand dénonce les abus de l'Église romaine, tels que notamment le commerce des indulgences. Luther et ses partisans prônent un retour aux sources du christianisme et placent le texte biblique au sommet de la hiérarchie ecclésiastique : la Bible apparaît donc pour eux comme la seule autorité reconnue.

Les conflits entre catholiques et protestants perdurent au XVIIᵉ siècle et aboutissent à la création des ligues catholiques et protestantes. Celles-ci sont à l'origine de la guerre de Trente Ans (1618-1648), qui voit s'affronter toutes les grandes puissances européennes. Ce conflit entraînera la ruine du Saint Empire romain germanique et la prospérité de la France sous Louis XIII (1601-1643) et Louis XIV.

La situation en France

En 1589, Henri IV (1553-1610), prince protestant, accède au trône français et se convertit, quatre ans plus tard, au catholicisme. En 1598, il promulgue l'édit de Nantes, mettant fin aux guerres de religion qui opposaient catholiques et protestants depuis 1562, et reconnaît la liberté de culte. Le nouveau souverain parvient ainsi à pacifier le royaume et à récupérer des territoires perdus lors des conflits. En 1610, lorsqu'il meurt poignardé en plein Paris, c'est Louis XIII, âgé de seulement huit ans, qui lui succède. Sa mère, Marie de Médicis (1573-1642), assure alors la régence jusqu'en 1617. Avec l'aide de son ministre Richelieu (1585-1642), le monarque durcit la condition des nobles, écartés du pouvoir, et oriente la monarchie vers l'absolutisme. À sa mort, Anne d'Autriche (1601-1666), aidée de Mazarin (1602-1661), assure la régence jusqu'à ce que Louis XIV monte sur le trône en 1661. C'est sous le règne de ce dernier que la politique de centralisation du pouvoir, entamée sous Louis XIII, connaît son apogée.

Des conflits religieux

En plus des conflits qui opposent les catholiques et les protestants, la France connaît, au cours du XVIIe siècle, plusieurs querelles internes au catholicisme au sujet de l'accession au salut, qui divise notamment les jansénistes et les jésuites.

Le foyer janséniste se développe autour du couvent de Port-Royal. Racine (1639-1699) est l'un de leurs disciples, et Pascal (1623-1662) l'un de leurs fervents défenseurs. Selon la doctrine janséniste, l'isolation est la meilleure attitude à adopter face au mal qui règne dans le monde et l'homme ne peut se sauver que par la grâce de Dieu, qui ne l'accorde qu'à quelques élus. Les jésuites, eux, ne reconnaissent pas la notion de libre arbitre et suivent à la lettre l'enseignement de l'Église. Ces querelles ont des répercussions en politique, notamment lorsque Louis XIII manifeste son hostilité aux jansénistes.

La fin du XVIIe siècle voit également se développer de nouveaux heurts au sein du catholicisme : la querelle du quiétisme. Celle-ci oppose principalement Bossuet (1627–1704) et Fénelon (1651–1715). Il s'agit d'un conflit relatif au mysticisme, à la contemplation continuelle et à la relation désintéressée d'amour à Dieu. Suivant cette pensée, la crainte de l'Enfer et la question du salut de l'âme n'ont donc plus aucune importance. C'est pourquoi Bossuet considère cette doctrine comme une menace de retour au panthéisme (doctrine dans laquelle Dieu et l'univers ne font qu'un) et d'irrespect des dogmes de l'Église, ce qu'il ne peut accepter.

À nouveau, le monde politique s'en mêle lorsque Mme de Maintenon se laisse attirer par le quiétisme. Bossuet obtient finalement gain de cause lors de la disgrâce de Fénelon.

L'ÉMERGENCE DE NOUVEAUX COURANTS INTELLECTUELS

Malgré les conflits internes au catholicisme, les pays catholiques connaissent un important rayonnement culturel. Si l'Espagne et les Pays-Bas connaissent un véritable âge d'or, la France, elle, développe l'esthétique classique et s'érige en modèle dans tous les domaines artistiques. En outre, l'Europe s'ouvre peu à peu à l'inconnu, notamment grâce aux explorations menées à travers le monde, et les sciences se développent considérablement : Galilée (1564-1642) effectue des recherches sur le mouvement terrestre ; Johannes Kepler (1571-1630) et Isaac Newton (1642-1727) étudient les lois de la gravitation. Il en résulte une meilleure connaissance du monde qui fait se développer un nouvel esprit, plus moderne.

C'est également au XVIIe siècle qu'a lieu la révolution cartésienne. En 1637, le philosophe René Descartes (1596-1650) publie son *Discours de la méthode*, le texte fondateur de ce nouveau courant. Il propose de faire table rase du passé et d'opérer un doute méthodique pour ne retenir que l'évidence rationnelle, dont la première est le *cogito ergo sum* (« je pense donc je suis »).

Le libertinage intellectuel fait aussi son apparition à cette époque. Il se caractérise par un grand relativisme et un certain scepticisme. La raison est désormais perçue comme faible et, par conséquent, ne permet pas d'atteindre la vérité. Il faut donc libérer son esprit et s'émanciper des dogmes pour y parvenir. Les réflexions que mène Molière – qui fréquente des cercles libertins – vont dans ce sens : ses personnages veulent vivre leur vie sans contrainte.

ANALYSE DES PERSONNAGES

HARPAGON

Personnage-clé de la comédie, Harpagon est la figure mise au premier plan de la pièce. Riche bourgeois parisien, il incarne la figure du père de famille tout-puissant, égoïste et craint de tous. Seule sa fortune personnelle a de la valeur à ses yeux. L'appât du gain le conduit à prendre des décisions injustes et insensées. De ce fait, il devient un père tyrannique pour ses enfants et pour l'ensemble de sa maisonnée.

Harpagon et La Flèche dans l'acte I, scène III, lithographie de Friedrich Weise, vers 1810.

Dès qu'il est question d'argent, Harpagon se montre très rusé et intelligent. Grand financier et usurier intraitable, il connaît parfaitement les techniques pour s'assurer des revenus importants. Pourtant, il peut aussi être naïf et idiot dès qu'on le flatte, comme le fait Valère à plusieurs reprises. Harpagon peut également devenir complètement hystérique et colérique si l'on touche ou si l'on approche de son argent. Tout cela concourt à faire de lui un personnage comique.

Son avarice le pousse à adopter une mode complètement dépassée, tant du point de vue vestimentaire que dans son mobilier (meubles en style Louis XIII, tapisserie d'un roman à la mode sous Henri IV, etc.). Son apparence fait donc rire. Ses emportements et la gestuelle qui les accompagne accentuent encore ce côté ridicule. De plus, tout ce qu'il entreprend échoue : les mariages prévus pour ses enfants afin d'accroître sa fortune n'ont pas lieu, tout comme son mariage avec Mariane.

Avec Harpagon, Molière reprend un personnage type qui existe depuis l'Antiquité. Celui que l'on pourrait qualifier de nouveau Crésus diffère tout de même de ses ancêtres et de ses concurrents de la Commedia dell'arte. Son personnage est en effet plus original car plus humain. Il est conscient de son caractère et du mal dont il souffre. Aussi, il fait moins de grimaces que ses prédécesseurs ; il est plus naturel.

Mais c'est également le personnage le plus sombre des caractères développés par Molière, puisqu'il pousse son fils à devenir voleur, le menace des pires châtiments, etc. Il prive en outre toute sa maisonnée de nourriture et du nécessaire pour vivre. Et ses activités d'usurier sont parmi les plus malhonnêtes : il profite du besoin des autres pour les pressurer et en tirer un maximum de bénéfices.

CLÉANTE

Fils d'Harpagon, Cléante est aussi borné que son père. Cependant l'objet de sa passion est plus raisonnable : il s'agit de Mariane. Mais, comme Harpagon, il est prêt à tout pour obtenir ce qu'il convoite.

Son personnage évolue au cours de la pièce. Soumis à son père et à ses caprices, il n'ose tout d'abord pas l'affronter directement et se faire le porte-parole de la révolte qui gronde en lui et sa sœur. Ses premières apparitions le présentent donc comme un jeune homme relativement faible et soucieux de son apparence. C'est un personnage léger et romanesque qui ne rêve que de s'enfuir avec sa fiancée. Naïf, il se laisse berner par les belles paroles de son père et de Maître Jacques et va de désillusion en désillusion.

Mais, au fil des actes, il prend de l'épaisseur. Il se réveille, s'indigne des actes d'Harpagon et mène un double jeu face à lui. Il sera finalement celui qui s'oppose à son père et qui agit contre lui, mais uniquement dans son intérêt personnel. Il n'hésite d'ailleurs pas à utiliser les mêmes méthodes qu'Harpagon et se place ainsi en digne héritier de ce dernier. Il reste malgré tout est assez passif : il attend que les événements tournent à son avantage, profite du vol de la cassette par La Flèche et demande à Frosine d'intercéder en sa faveur.

VALÈRE

Jeune homme aux origines inconnues, Valère est fou d'amour pour Élise. Prêt à tout pour être à ses côtés, il se fait engager comme intendant par Harpagon.

Il incarne la figure noble. Il faut attendre le dernier acte pour découvrir la réalité de cette noblesse. Mais, même sans savoir cela, ses actes trahissaient sa bonté, sa générosité et son courage. Il a notamment sauvé Élise de la noyade. À plusieurs reprises, Valère se démarque des autres domestiques parmi lesquels il évolue grâce à son attitude et à son langage.

Il ne prétend à rien de plus que l'amour d'Élise. Plus hardi que Cléante, il choisit de ruser pour obtenir ce qu'il veut. Il est prêt à se sacrifier, et le prouve, pour vivre auprès de celle qu'il aime.

ÉLISE ET MARIANNE

Les deux jeunes femmes témoignent de la condition féminine au XVIIe siècle. Figures de vertu, elles sont totalement assujetties à leurs parents. Élise, la fille d'Harpagon, n'a d'autre choix que d'épouser le vieil Anselme. Malgré tout son amour pour Valère, elle s'y résigne. Mariane, de son côté, est prête à se sacrifier en épousant Harpagon afin de permettre à sa mère de vivre plus commodément.

FROSINE

Malgré ses apparitions peu nombreuses, Frosine joue un rôle important dans la pièce. Elle est celle par qui tout arrive. C'est en effet elle qui a trouvé un parti pour chacun des membres de la famille d'Harpagon et qui arrange les trois mariages forcés. Rusée, elle ne parvient cependant pas à obtenir ce qu'elle veut, à savoir un peu d'argent d'Harpagon.

Dès lors, son rôle évolue. Elle est mise en échec. De la duperie et du mensonge, elle passe au registre de la sincérité lorsqu'elle apporte son soutien aux jeunes gens, mais elle reste tout à fait passive.

MAÎTRE JACQUES ET LA FLÈCHE

Tous deux serviteurs dans la maison d'Harpagon, Maître Jacques et La Flèche témoignent des conditions de vie des domestiques au XVIIe siècle. Maître Jacques est à la fois le cocher et le cuisinier d'Harpagon. La Flèche est le valet personnel de Cléante.

Malgré les difficultés qu'ils rencontrent, ils sont chacun très attachés à leur maître respectif. De caractère très différent, ils s'adaptent comme ils peuvent à la personnalité d'Harpagon. Si Maître Jacques bascule de la sincérité au mensonge, La Flèche, prêt à tout pour le bonheur de Cléante, agit à la place de son maître. Il accomplit toutes les démarches afin que celui-ci se voit accorder un prêt d'argent et va même jusqu'à dérober la cassette d'Harpagon.

ANSELME

Figure paternelle par excellence, Anselme est l'exact opposé d'Harpagon. Il est celui par qui le bonheur arrive. Pour lui, seule la joie de ses enfants importe. Bien qu'il ait été séparé de sa famille qu'il croyait morte pendant de longues années, il refuse de sacrifier leur bonheur pour le sien en gardant ses enfants à ses côtés.

ANALYSE DES THÉMATIQUES

L'ARGENT

Dès la lecture du titre de la pièce, on comprend l'importance de ce thème. Toute l'intrigue découle du rapport passionnel et excessif d'un personnage, Harpagon, à l'argent. Cet aspect de sa personnalité est visible notamment dans le fait qu'il n'octroie pas suffisamment d'argent à ses enfants pour leur permettre de mener le train de vie qui correspond à leur niveau social. À cause de cela, ceux-ci craignent d'ailleurs de ne pas pouvoir épouser l'élu(e) de leur cœur, car ils ne disposent pas d'assez de biens. Ils sont par conséquent contraints de recourir à différents stratagèmes, afin d'obtenir ce qu'ils désirent. C'est donc la progression de leurs aventures, les rebondissements et les freins mis en place par Harpagon qui font que l'intrigue retient toute notre attention. L'argent est par conséquent le véritable moteur de l'action.

Aussi, Harpagon rogne sur tout afin de minimiser ses dépenses quotidiennes : il dispose de peu de domestiques – le cocher est d'ailleurs aussi le cuisinier –, et ne leur permet pas d'avoir des vêtements corrects. Cela apporte du comique à la pièce.

« LA MERLUCHE – Quitterons-nous nos siquenilles [justaucorps que portaient les cochers et les palefreniers à l'époque], Monsieur ?

HARPAGON – Oui, quand vous verrez venir les personnes ; et gardez bien de gâter vos habits.

BRINDAVOINE – Vous savez bien, Monsieur, qu'un des devants de mon pourpoint est couvert d'une grande tache de l'huile de la lampe.

LA MERLUCHE – Et moi, Monsieur, que j'ai mon haut-de-chausses tout troué par derrière, et qu'on me voit, révérence parler…

HARPAGON – Paix. Rangez cela adroitement du côté de la muraille, et présentez toujours le devant au monde. (Harpagon met son chapeau au-devant de son pourpoint, pour montrer à Brindavoine comment il doit faire pour cacher la tache d'huile.) Et vous, tenez toujours votre chapeau ainsi, lorsque vous servirez. » (p. 82)

Aussi, à travers cette pièce, Molière nous livre quelques informations relatives à la réalité socio-économique de son époque. Harpagon appartient à la classe bourgeoise, qui comprend les personnes qui se sont enrichies grâce à des activités commerciales. L'auteur donne ainsi un certain éclairage sur le rapport qu'entretient cette classe avec la fortune : l'argent est durement gagné et n'est pas acquis définitivement. De plus, l'attitude très protectrice d'Harpagon envers sa cassette se comprend quand on sait que les espèces en or et en argent sont devenues rares, que les caisses du roi sont vides et que la population est régulièrement mise à contribution.

LE MASQUE DU MENSONGE

Le mensonge est un thème omniprésent dans *L'Avare*. L'objectif des personnages est de parvenir à leurs fins, d'atteindre leur bonheur. Et chacun recourt, pour tenter d'y parvenir, à des subterfuges identiques à ceux utilisés au cours d'une pièce de théâtre. Il y a donc une sorte de mise en abyme du théâtre à l'intérieur de cette pièce. C'est ainsi que Valère pénètre dans la maison d'Harpagon sous la fausse identité d'un domestique :

> « VALÈRE – Vous voyez comme je m'y prends, et les adroites complaisances qu'il m'a fallu mettre en usage, pour m'introduire à son service ; sous quel masque de sympathie, et de rapports de sentiments, je me déguise, pour lui plaire, et quel personnage je joue tous les jours avec lui, afin d'acquérir sa tendresse. » (p. 24)

Le vocabulaire utilisé dans cet extrait renvoie directement au jeu d'acteur : « masque », « déguiser », « personnage », « jouer ». D'emblée, la pièce s'ouvre avec la mise en exergue du mensonge et du théâtre. De même, dans le but de plaire à son père, Cléante joue le gendre idéal devant Mariane à l'acte III, scène VII. Ces mensonges ont pour objectif de parvenir à contourner la rudesse de caractère d'Harpagon et à faire triompher l'amour. Quand la vérité éclate, les différents protagonistes sont heureux de la tournure que prennent les événements. Ils sont soulagés de ne plus devoir mentir et d'apercevoir une lueur d'espoir quant à la résolution de leur problème.

Valère n'est pas le seul à se cacher derrière un masque. Harpagon lui-même se cache derrière une identité mystérieuse afin de mener à bien ses activités d'usurier. Lorsque son masque tombe, la surprise est générale. Au contraire des jeunes gens, Harpagon entre dans une colère noire lorsque la vérité est dévoilée. De ce fait, Harpagon se place davantage du côté du mensonge. Cela est également souligné par son attitude vis-à-vis de sa maisonnée lorsqu'il évoque, dans l'acte II scène IV, l'existence de sa cassette et prétend être pauvre.

Chacun des personnages semble donc se positionner soit du côté de la vérité, soit du côté du mensonge. Seul un d'entre d'eux ne sait sur quel pied danser : il s'agit de Maître Jacques. S'il se montre honnête au début de la pièce, son personnage évolue vers plus de noirceur au fil des actes. Le changement est à situer lorsque celui-ci se fait punir par Harpagon pour avoir osé dire la vérité : dans la première scène de l'acte III, Maître Jacques avoue à Harpagon la réputation qu'il a en ville, à savoir celle d'un vieil avare, ce qui lui vaudra des coups de bâton.

> « MAÎTRE JACQUES – Peste soit la sincérité, c'est un mauvais métier. Désormais j'y renonce, et je ne veux plus dire vrai. » (p. 93)

Suite à cet incident, Maître Jacques sombre de plus en plus dans le mensonge, au point d'accuser Valère d'un crime qu'il n'a pas commis. Au final, il avoue lui-même ne plus savoir dans quel camp il est, ni s'il doit dire la vérité ou mentir.

> « MAÎTRE JACQUES – Hélas ! comment faut-il donc faire ? On me donne des coups de bâton pour dire vrai ; et on me veut pendre pour mentir. » (p. 152)

Molière semble donc ne pas condamner l'usage du mensonge. Il peut selon lui être utilisé de manière bénéfique, dans le but d'atteindre le bonheur le plus simple. En revanche le mensonge néfaste, qui ne sert qu'à accroître sa possession personnelle ou à se venger, est condamné par l'auteur. Il distingue donc bien deux catégories de personnes, deux attitudes différentes, et, sans être moralisateur, laisse transparaître à travers ses personnages, son avis quant à l'utilité du mensonge.

LE CONFLIT DES GÉNÉRATIONS

La problématique des conflits intergénérationnels revient fréquemment dans les œuvres de Molière. Dans le cadre de *L'Avare*, l'auteur pousse ce thème jusqu'à ses limites. Comme toujours, la figure du père est mise à mal, tandis que la jeune génération reçoit les faveurs et le soutien de l'auteur. On craint pour Cléante qui est prêt à braver tous les dangers pour s'opposer à son père et échapper à son étroitesse d'esprit.

C'est au travers de la relation entre Harpagon et Cléante que l'on remarque le plus ce qui oppose les deux générations. Le rapport à l'argent est la première chose qui les sépare : Harpagon veut protéger le bien qu'il a durement acquis tandis que Cléante tente de mener le train de vie d'un rentier. Tous deux ont donc une conception très différente de la gestion de l'argent. Aussi, le caractère des personnages est totalement opposé. Si le fils est la bonté même, le père est quant à lui la méchanceté incarnée. Lorsqu'il soupçonne l'amour de Cléante pour Mariane, Harpagon n'hésite pas à lui faire croire qu'il lui destine la jeune femme en mariage afin que Cléante avoue son amour. Dès que son fils se confie, Harpagon se moque de lui et le blesse en lui disant qu'il épousera Mariane lui-même.

L'opposition entre les deux partis est aussi visible physiquement. Le fils est très attentif à son apparence : il tâche d'être habillé à la dernière mode, de plaire au plus grand nombre. Tandis que le père n'a cure du qu'en-dira-t-on et se réfère à des modes dépassées depuis longtemps.

> « HARPAGON – [...] Je voudrais bien savoir, sans parler du reste, à quoi servent tous ces rubans dont vous voilà lardé depuis les pieds jusqu'à la tête ; et si une demi-douzaine d'aiguillettes ne suffit pas pour attacher un haut-de-chausses ? Il est bien nécessaire d'employer de l'argent à des perruques, lorsque l'on peut porter des cheveux de son cru, qui ne coûtent rien. Je vais gager qu'en perruques et rubans, il y a du moins vingt pistoles ; et vingt pistoles rapportent par année dix-huit livres six sols huit deniers, à ne les placer qu'au denier douze. » (p. 42)

De plus, Cléante apparaît comme un jeune premier, fringant, en pleine santé. Alors qu'Harpagon est décrit comme un vieillard proche de la mort et peu stable sur ses jambes puisqu'il tombe à la première bousculade. Cet épisode, situé à l'acte III scène IX, témoigne encore de la gentillesse de Cléante qui, malgré tout le mal causé par son père, reste attentif au bien-être de ce dernier.

> « LA MERLUCHE – (Il vient en courant, et fait tomber Harpagon.) Monsieur...
>
> HARPAGON – Ah, je suis mort !
>
> CLÉANTE – Qu'est-ce, mon père ? Vous êtes-vous fait mal ? » (p. 107)

Cléante n'est pas le seul à s'opposer à son père. D'une certaine manière, Élise se révolte également contre Harpagon. En tant que jeune femme, elle n'a pas la possibilité de s'opposer franchement aux décisions de son père. À travers elle, c'est toute la condition des jeunes femmes de son époque que Molière représente : elles n'ont aucune prise sur leur avenir et sont obligées de se plier aux décisions de leur père. Le seul moment où elle ose affronter directement Harpagon est celui où son amant, Valère, est menacé de la potence (acte IV, scène IV).

Tout oppose donc la vieille génération et la nouvelle. Au-delà de leurs différences personnelles, c'est toute une symbolique que Molière met en place à travers ce conflit. Il oppose la jeunesse à la vieillesse, la bonté à la méchanceté, la santé et l'énergie à la décrépitude, la générosité à l'avarice. En outre, la première génération est à l'origine de tout le mal de la pièce. Ce n'est que grâce aux qualités de la deuxième génération que le pire est évité. Ce faisant, Molière prend clairement parti pour les jeunes générations au détriment des anciens qu'il juge et représente trop sévères.

Toutefois, à travers l'exemple de la famille d'Anselme, Molière montre que la conciliation est possible. Il ne condamne donc pas totalement la vieille génération, mais bien son attitude. En ce sens, Anselme représente la bonne conduite qu'un père doit avoir envers ses enfants, à savoir être attentif à leur bonheur. Aussi, à travers les propos d'Anselme, Molière met en garde contre les trop grandes différences qui séparent les deux générations.

LE MARIAGE

Les thèmes du mariage et de la relation amoureuse sont omniprésents dans l'œuvre de Molière. Il les aborde dès ses premières farces, et garde toujours le même point de vue : la défense des sentiments naturels des jeunes gens. Au-delà du mariage, c'est donc de l'amour que traite Molière. Chacune de ses œuvres glorifie l'amour sincère et le mariage d'amour où les deux promis sont mis sur un pied d'égalité. Il fait donc preuve d'une attitude assez novatrice par rapport à ses contemporains. À l'époque, les femmes étaient en effet soumises aux décisions des hommes et devaient s'y plier, même si leur cœur les menait ailleurs. C'est contre ce diktat que Molière écrit. À travers ses pièces, c'est une révolution des mœurs qu'il réclame.

Dans *L'Avare*, Molière aborde la question du mariage forcé par les parents et dont les victimes sont les enfants. Harpagon destine sa fille au vieil Anselme, qui accepte d'épouser Élise sans dot. C'est là d'ailleurs sa principale qualité aux yeux d'Harpagon. Pour Valère, il choisit une veuve. Et il se réserve la douce Mariane, car elle lui permettra d'économiser des dépenses futiles. Le vieillard ne considère que le bien matériel qu'il peut retirer de ces unions forcées. Il ne tient aucunement compte des sentiments de chacun. Ainsi, au cours de l'acte I scène V, lorsque Valère tente de lui exposer à plusieurs reprises l'importance du mariage, tout ce qu'Harpagon retient est qu'il ne doit pas fournir de dot pour marier sa fille.

« HARPAGON – C'est une occasion qu'il faut prendre vite aux cheveux. Je trouve ici un avantage, qu'ailleurs je ne trouverais pas ; et il s'engage à la prendre sans dot.

VALÈRE – Sans dot ?

HARPAGON – Oui.

VALÈRE – Ah ! je ne dis plus rien. Voyez-vous, voilà une raison tout à fait convaincante ; il se faut rendre à cela.

HARPAGON – C'est pour moi une épargne considérable.

VALÈRE – Assurément, cela ne reçoit point de contradiction. Il est vrai que votre fille vous peut représenter que le mariage est une plus grande affaire qu'on ne peut croire ; qu'il y va d'être heureux, ou malheureux, toute sa vie ; et qu'un engagement qui doit durer jusqu'à la mort, ne se doit jamais faire qu'avec de grandes précautions.

HARPAGON – Sans dot.

VALÈRE – Vous avez raison. Voilà qui décide tout, cela s'entend. Il y a des gens qui pourraient vous dire qu'en de telles occasions l'inclination d'une fille est une chose sans doute où l'on doit avoir de l'égard ; et que cette grande inégalité d'âge, d'humeur, et de sentiments, rend un mariage sujet à des accidents très fâcheux.

HARPAGON – Sans dot.

VALÈRE – Ah ! il n'y a pas de réplique à cela. On le sait bien. Qui diantre peut aller là contre ? Ce n'est pas qu'il n'y ait quantité de pères qui aimeraient mieux ménager la satisfaction de leurs filles, que l'argent qu'ils pourraient donner ; qui ne les voudraient point sacrifier à l'intérêt, et chercheraient plus que toute autre chose, à mettre dans un mariage cette douce conformité qui sans cesse y maintient l'honneur, la tranquillité, et la joie ; et que...

HARPAGON – Sans dot.

VALÈRE – Il est vrai. Cela ferme la bouche à tout, sans dot. Le moyen de résister à une raison comme celle-là ? » (p. 48-49)

En traitant d'une telle thématique, c'est aussi la question des mariages contrariés que Molière aborde. En voulant forcer certaines unions, Harpagon en empêche d'autres : celle de Valère et d'Élise ainsi que celle de Cléante et de Mariane. Il est à noter que les victimes d'Harpagon sont majoritairement féminines. Sa fille, même si elle proteste, n'a d'autre choix que de se résoudre à épouser Anselme. Mariane, quant à elle, ne voit pas d'autre solution pour épargner la misère à sa mère. Toutes deux sont prises au piège de leur piété filiale. Seul Cléante ose agir, grâce au soutien de son valet, La Flèche. C'est d'ailleurs ce dernier qui agit concrètement, et Cléante profite de sa malice.

Bien qu'il s'agisse d'une des thématiques centrales de l'œuvre, Molière ne dépeint pas dans sa pièce les mariages en tant quel, mais plutôt les obstacles qui se présentent au véritable amour. Dans ce cas, il s'agit d'Harpagon et de son avarice. Molière opère ainsi un renversement des perspectives. C'est ce qui donne à la pièce toute sa dynamique, sa tension, son comique. De même que le dénouement surprise vient couronner, un peu à la manière d'un *deus ex machina*, l'ensemble des péripéties amoureuses d'une résolution heureuse pour tous, au tout dernier moment. Et au final, c'est bien l'amour sincère qui triomphe face à toutes les manigances matérialistes du vieil avare. En effet, même si le moyen utilisé par Cléante pour obliger son père à lui accorder Mariane n'est pas des plus corrects, c'est bien Cléante qui connaît un dénouement heureux. Par son union avec la jeune femme, il a accès au vrai bonheur. Tandis qu'Harpagon, même s'il retrouve son bien le plus cher (sa cassette), il n'est jamais totalement comblé : il est toujours dominé par la crainte de perdre son argent. Molière montre ainsi que l'amour sincère vaut mieux que tout.

STYLE ET ÉCRITURE

UNE COMPOSITION CLASSIQUE ?

Au XVIIe siècle, les théoriciens de la littérature prônent le respect des principes inspirés de la *Poétique* d'Aristote (384-322 av. J.-C.), dont le plus commun est la règle des trois unités codifiées par l'abbé d'Aubignac (1604-1676) au XVIIe siècle dans sa *Pratique du théâtre*. Selon ces règles, une œuvre théâtrale doit respecter l'unité de lieu (l'action se déroule en un seul lieu), l'unité de temps (l'action se déroule à un moment défini et ne peut excéder 24 heures), et l'unité d'action (il y a une action principale, un fil rouge). Afin de donner de la légitimité à la comédie qui, à l'époque, se trouvait au bas de l'échelle des genres littéraires, Molière lui applique ces règles classiques.

L'Avare respecte ainsi l'unité de lieu : toute l'action se déroule en un seul endroit, la maison d'Harpagon. Des lieux extérieurs sont évoqués (la foire, le jardin), mais ils restent au stade de l'évocation, car aucune action, aucune scène n'y est réellement jouée.

L'unité de temps est aussi respectée, car toute l'intrigue se déroule sur quelques heures à peine. L'action pourrait tenir concrètement sur le temps de représentation de la pièce.

En ce qui concerne l'unité d'action, elle peut sembler plus difficile à percevoir en raison des multiples rebondissements et des nombreuses histoires secondaires. En effet, plusieurs intrigues et plusieurs actions s'enchevêtrent. Mais l'on a toujours une action principale autour de laquelle se greffent ces éléments. Le fil rouge de *L'Avare*, c'est Harpagon lui-même. C'est autour de son caractère et de ses caprices que tout gravite.

Aussi, ce qui importe dans l'esthétique classique, c'est le beau et le vrai. Le beau doit être une imitation fidèle de la nature. Rien ne doit sembler extraordinaire. En ce sens, la comédie telle qu'elle l'était à l'époque ne peut être pensée comme relevant de l'esthétique classique, car le rire provient de l'exagération, de la déformation de la réalité, de la grimace. Mais le génie de Molière est de parvenir à combiner ces exigences avec le comique. C'est ainsi qu'il développe l'esthétique du ridicule naturel, c'est-à-dire celui qui est naturellement présent chez ses personnages. Ceux-ci se croient en accord avec les conventions sociales, mais ils ont une image erronée de leur apparence. Ils ne s'intègrent en réalité pas du tout dans le modèle social auquel ils croient appartenir. De cette inadéquation découle le ridicule naturel et donc le comique.

On ne peut cependant parler de réalisme, car Molière fait preuve d'une grande stylisation. Les lieux et les personnages ne sont pas décrits avec précision. Tout est toujours très conventionnel. On est face à des types, des lieux communs. On ignore ainsi quel est le métier d'Harpagon, d'Anselme ou encore de Maître Simon. Suivant la même idée, on sait que l'on se trouve dans une maison bourgeoise à Paris mais on n'a guère plus de détails. Ce faisant, c'est la nature humaine que dépeint Molière et non une société bien précise. Il aborde des sujets qui lui sont contemporains, des événements de son quotidien, mais ne s'en sert que comme cadre général. Cela lui permet de rendre le cadre plus concret, plus réel, mais il reste tout de même dans l'imaginaire.

LA LANGUE DE MOLIÈRE

Molière montre dans le choix de ses tournures un réel souci de réalisme. C'est d'ailleurs ce qui fait rire : le public se retrouve ou reconnaît son entourage dans les personnages et les attitudes dépeints par l'auteur. Il se veut également extrêmement clair afin de rendre le texte plus efficace.

Molière donne un ton naturel à ses personnages. Il ne leur fait pas déclamer de grands discours et adapte le style langagier à la personnalité de chacun. Ainsi, Valère se fait remarquer par Maître Jacques car il n'a pas le langage habituel d'un valet. En ce qui concerne Cléante, l'évolution de son personnage est visible au travers de ses répliques. Au début de la pièce, Cléante, qui est romanesque, amoureux et craintif, emploie des termes durs à l'égard de son père, mais seulement par exaspération. Ses tournures sont par contre plus précieuses, plus fougueuses et tirant davantage en longueur lorsqu'il parle de Mariane.

> « CLÉANTE – Une jeune personne qui loge depuis peu en ces quartiers, et qui semble être faite pour donner de l'amour à tous ceux qui la voient. La nature, ma sœur, n'a rien formé de plus aimable ; et je me sentis transporté, dès le moment que je la vis. Elle se nomme Mariane, et vit sous la conduite d'une bonne femme de mère, qui est presque toujours malade, et pour qui cette aimable fille a des sentiments d'amitié qui ne sont pas imaginables. Elle la sert, la plaint, et la console avec une tendresse qui vous toucherait l'âme. Elle se prend d'un air le plus charmant du monde aux choses qu'elle fait, et l'on voit briller mille grâces en toutes ses actions ; une douceur pleine d'attraits, une bonté toute engageante, une honnêteté adorable, une... Ah ! ma sœur, je voudrais que vous l'eussiez vue. » (p. 28-29)

En revanche, dès lors que son personnage évolue, le langage de Cléante devient plus dur envers son père, et moins doux en amour. Il se montre également plus rusé, utilise des paroles à double sens, notamment lorsqu'il complimente Mariane devant son père, soi-disant au nom de ce dernier (acte III, scène I). Moins soumis et moins passionné, il se montre plus insolent, plus ironique.

« CLÉANTE – Oui, mon père, c'est ainsi que vous me jouez ! Hé bien, puisque les choses en sont venues là, je vous déclare, moi, que je ne quitterai point la passion que j'ai pour Mariane ; qu'il n'y a point d'extrémité où je ne m'abandonne, pour vous disputer sa conquête ; et que si vous avez pour vous le consentement d'une mère, j'aurai d'autres secours, peut-être, qui combattront pour moi.

HARPAGON – Comment, pendard, tu as l'audace d'aller sur mes brisées ?

CLÉANTE – C'est vous qui allez sur les miennes ; et je suis le premier en date.

HARPAGON – Ne suis-je pas ton père ? et ne me dois-tu pas respect ?

CLÉANTE – Ce ne sont point ici des choses où les enfants soient obligés de déférer aux pères ; et l'amour ne connaît personne.

HARPAGON – Je te ferai bien me connaître, avec de bons coups de bâton.

CLÉANTE – Toutes vos menaces ne feront rien.

HARPAGON – Tu renonceras à Mariane.

CLÉANTE – Point du tout.

HARPAGON – Donnez-moi un bâton tout à l'heure. » (p. 119)

Ce langage naturel a conduit certains des détracteurs de Molière, notamment Fénelon et La Bruyère (1645-1696), à l'accuser de manquer de style. En effet, ses personnages s'expriment comme ils le feraient dans la vraie vie. Ils ont donc un langage plus quotidien, plus simple et plus prosaïque, comparé au langage utilisé dans les grandes tragédies classiques. Cela permet toutefois à Molière de jouer sur différents registres, d'insuffler du réalisme à sa pièce et de la rendre plus efficace.

En outre, la particularité de *L'Avare* réside dans le fait d'être une comédie en prose, alors que la plupart des pièces de l'époque sont écrites en vers. C'est une provocation car Molière reprend dans cette pièce le sujet de *L'Aulularia* de Plaute (254-184 av. J.-C.), un auteur antique et donc un modèle pour ses contemporains. Or, il fait tomber l'œuvre de Plaute dans le domaine populaire en la transformant en une comédie de caractère et en n'utilisant pas la versification mais bien la prose commune.

UNE RÉÉCRITURE MODERNE

L'Avare de Molière emprunte son sujet à la comédie *Aulularia* de Plaute. Le protagoniste principal, l'épisode de la cassette et l'histoire d'amour entre Valère et Élise sont directement tirés de la pièce antique, de même que le monologue d'Harpagon lorsqu'il découvre avoir été volé, ainsi que de nombreux autres détails. Malgré ces reprises, Molière parvient à rendre son œuvre tout à fait originale. Ainsi, son avare n'a pas le même vécu que celui de Plaute : il accumule l'argent tandis qu'Euclion découvre un trésor qu'il a peur de perdre. Aussi, Plaute met davantage l'accent sur l'intrigue tandis que Molière développe une comédie de caractère. Molière met également les personnages au goût du jour : l'esclave antique disparaît au profit du valet, la concubine devient une jeune femme vertueuse, etc.

LE COMIQUE

La langue de Molière passe aussi par la gestuelle et le visuel. Ce ne sont pas uniquement les mots qui illustrent l'aspect comique, mais bien également la mise en scène qui les accompagne. En outre, les mimiques et les gestes donnent plus d'ampleur à la verve linguistique des personnages et c'est ce qui fait rire le public.

Au niveau de la communication verbale, Molière recourt à différents procédés stylistiques qui apportent au dialogue une note d'humour : quiproquos, apartés, calembours sont légion dans son texte. Les longues énumérations et les accumulations d'éléments d'un même type jouent également ce rôle, en plus de rythmer le texte. C'est le cas notamment lors de l'élaboration du menu du repas de fiançailles dans la première scène de l'acte III : Harpagon énumère une série de plats assez lourds et communs afin que ses convives soient rapidement repus, ce qui lui permettra de ne pas dépenser trop d'argent pour les nourrir, tandis que Maître Jacques dresse une liste de mets plus délicats qu'il se ferait un plaisir de préparer. La touche comique provient essentiellement du contraste entre ces deux menus, souligné à chaque nouveau plat mentionné.

Molière utilise également la symétrie des gestes et des répliques pour renouveler le comique :

> « HARPAGON – Comment, pendard, c'est toi qui t'abandonnes à ces coupables extrémités ?
>
> CLÉANTE – Comment, mon père, c'est vous qui vous portez à ces honteuses actions ?
>
> HARPAGON – C'est toi qui te veux ruiner par des emprunts si condamnables ?

Cléante – C'est vous qui cherchez à vous enrichir par des usures si criminelles ?

Harpagon – Oses-tu bien, après cela, paraître devant moi ?

Cléante – Osez-vous bien, après cela, vous présenter aux yeux du monde ?

Harpagon – N'as-tu point de honte, dis-moi, d'en venir à ces débauches-là ? de te précipiter dans des dépenses effroyables ? et de faire une honteuse dissipation du bien que tes parents t'ont amassé avec tant de sueurs ?

Cléante – Ne rougissez-vous point, de déshonorer votre condition, par les commerces que vous faites ? de sacrifier gloire et réputation, au désir insatiable d'entasser écu sur écu ? et de renchérir, en fait d'intérêts, sur les plus infâmes subtilités qu'aient jamais inventées les plus célèbres usuriers ?

Harpagon – Ôte-toi de mes yeux, coquin, ôte-toi de mes yeux. »
(p. 64)

Dans cette scène située au début de l'acte II, Harpagon et Cléante découvrent leur secret respectif : Harpagon est un usurier et Cléante, endetté, emprunte de l'argent à des inconnus. La scène en elle-même pourrait être dramatique, mais la manière dont Molière la transcrit la rend comique. Chacune des répliques de Cléante est calquée sur celle de son père. À chaque nouvelle accusation d'Harpagon, le fils lui retourne l'attaque en utilisant la même tournure de phrase. Cet effet miroir dans la construction du dialogue fait se surenchérir le comique. À nouveau c'est l'accumulation qui provoque le rire. Mais il faut savoir s'arrêter à temps, et c'est finalement Harpagon qui rompt le jeu en cédant face à son fils, car il ne sait plus que lui reprocher de plus.

Ce comique langagier est renforcé par des effets visuels. C'est d'ailleurs de là que provient essentiellement le comique de la pièce qui, à la lecture, ne fait peut-être qu'esquisser des sourires. Le visuel se traduit tant par le physique des acteurs que par les décors, les costumes, etc., qui trahissent le ridicule naturel du personnage, comme le fameux pourpoint d'Harpagon. Molière reprend ici des procédés propres à la farce. Par exemple, Harpagon se comporte comme un pantin : ses déplacements sont assez mécaniques, entre la maison et le jardin où se trouve sa cassette. Il va et vient, s'éclipse, un peu à la manière d'un coucou ou d'un diable monté sur ressort qui apparaît et disparaît à tout moment. Les gags attendus tels que les chutes de personnages ou les jeux d'expressions faciales sont également au rendez-vous.

« FROSINE – J'aurais, Monsieur, une petite prière à vous faire. (Il [Harpagon] prend un air sévère.) J'ai un procès que je suis sur le point de perdre, faute d'un peu d'argent ; et vous pourriez facilement me procurer le gain de ce procès, si vous aviez quelque bonté pour moi. (Il reprend un air gai.) Vous ne sauriez croire le plaisir qu'elle aura de vous voir. Ah ! que vous lui plairez ! et que votre fraise à l'antique fera sur son esprit un effet admirable ! Mais, surtout, elle sera charmée de votre haut-de-chausses, attaché au pourpoint avec des aiguillettes. C'est pour la rendre folle de vous ; et un amant aiguilleté sera pour elle un ragoût merveilleux.

HARPAGON – Certes, tu me ravis, de me dire cela.

FROSINE – En vérité, Monsieur, ce procès m'est d'une conséquence tout à fait grande. (Il reprend son visage sévère.) Je suis ruinée, si je le perds ; et quelque petite assistance me rétablirait mes affaires. (Il reprend un air gai.) Je voudrais que vous eussiez vu le ravissement où elle était, à m'entendre parler de vous.

> La joie éclatait dans ses yeux, au récit de vos qualités ; et je
> l'ai mise enfin dans une impatience extrême, de voir ce mariage
> entièrement conclu.
>
> HARPAGON – Tu m'as fait grand plaisir, Frosine ; et je t'en ai, je te
> l'avoue, toutes les obligations du monde.
>
> FROSINE – Je vous prie, Monsieur, de me donner le petit secours
> que je vous demande. (Il reprend son sérieux.) Cela me remettra
> sur pied ; et je vous en serai éternellement obligée.
>
> HARPAGON – Adieu. Je vais achever mes dépêches. » (p. 76-77)

Dans cette scène, on voit combien Molière joue avec les expressions de son personnage. Il suffit que Frosine flatte un peu Harpagon pour qu'il prenne un air gai. En revanche, dès qu'elle aborde le thème de l'argent, qu'elle prononce certaines paroles en lien avec celui-ci, Harpagon reprend un visage sévère. Il y a une véritable alternance, assez rapide, de sourires et de moues qui, lorsqu'elle est jouée, fait rire le public.

Aussi, les personnages se placent souvent d'eux-mêmes dans des situations comiques. Celles-ci consistent à maintes reprises en des quiproquos : ils sont tellement obsédés par l'objet de leur désir, qu'ils ne s'aperçoivent pas que leur interlocuteur leur parle d'autre chose. L'un des plus fameux de *L'Avare* est celui qui a lieu entre Valère et Harpagon, à l'acte V, scène III.

> « VALÈRE – Ah ! Monsieur, je n'ai pas mérité ces noms. Il est vrai
> que j'ai commis une offense envers vous ; mais après tout ma
> faute est pardonnable.
>
> HARPAGON – Comment pardonnable ? Un guet-apens ? Un
> assassinat de la sorte ?

VALÈRE – De grâce, ne vous mettez point en colère. Quand vous m'aurez ouï, vous verrez que le mal n'est pas si grand que vous le faites.

HARPAGON – Le mal n'est pas si grand que je le fais ! Quoi mon sang, mes entrailles, pendard ?

VALÈRE – Votre sang, Monsieur, n'est pas tombé dans de mauvaises mains. Je suis d'une condition à ne lui point faire de tort, et il n'y a rien en tout ceci que je ne puisse bien réparer.

HARPAGON – C'est bien mon intention ; et que tu me restitues ce que tu m'as ravi.

VALÈRE – Votre honneur, Monsieur, sera pleinement satisfait.

HARPAGON – Il n'est pas question d'honneur là-dedans. Mais, dis-moi, qui t'a porté à cette action ?

[...]

VALÈRE – Un dieu qui porte les excuses de tout ce qu'il fait faire : l'Amour.

[...]

HARPAGON – Bel amour, bel amour, ma foi ! L'amour de mes louis d'or.

VALÈRE – Non, Monsieur, ce ne sont point vos richesses qui m'ont tenté, ce n'est pas cela qui m'a ébloui, et je proteste de ne prétendre rien à tous vos biens, pourvu que vous me laissiez celui que j'ai.

HARPAGON – Non ferai, de par tous les diables, je ne te le laisserai pas. Mais voyez quelle insolence, de vouloir retenir le vol qu'il m'a fait !

VALÈRE – Appelez-vous cela un vol ?

HARPAGON – Si je l'appelle un vol ? Un trésor comme celui-là.

VALÈRE – C'est un trésor, il est vrai, et le plus précieux que vous ayez sans doute ; mais ce ne sera pas le perdre, que de me le laisser. Je vous le demande à genoux, ce trésor plein de charmes ; et pour bien faire, il faut que vous me l'accordiez.

HARPAGON – Je n'en ferai rien. Qu'est-ce à dire cela ?

VALÈRE – Nous nous sommes promis une foi mutuelle, et avons fait serment de ne nous point abandonner.

HARPAGON – Le serment est admirable, et la promesse plaisante !

VALÈRE – Oui, nous nous sommes engagés d'être l'un à l'autre à jamais.

HARPAGON – Je vous en empêcherai bien, je vous assure.

VALÈRE – Rien que la mort ne nous peut séparer.

HARPAGON – C'est être bien endiablé après mon argent. » (p. 137-138)

Le quiproquo provient de l'aveuglement de chacun des personnages. Harpagon ne pense qu'à son argent et Valère est obnubilé par Élise. Chacun voit dans l'objet de sa passion un véritable trésor et est convaincu de parler de la même chose que son interlocuteur. Ce sont les jeux de mots autour de ces trésors qui nourrissent l'impossibilité de communication. De plus, à aucun moment l'un ou l'autre ne précise réellement ce dont il parle. Pour Valère, les termes employés par Harpagon désignent Élise, alors que le vieillard parle uniquement de sa cassette.

LA RÉCEPTION DE *L'AVARE*

UN FAUX DÉPART

Lors de sa création, la pièce ne rencontre pas un grand succès. Une comédie en cinq actes et en prose déconcerte le public, habitué aux comédies plus courtes et en vers. À peine une quarantaine de représentations en sont données du vivant de Molière qui doit, assez rapidement, la retirer du répertoire de sa troupe.

Ce n'est qu'après sa mort que *L'Avare* connaît un succès certain. La pièce est d'ailleurs l'une des plus jouée dans l'histoire de la Comédie-Française, puisque l'on compte près de 2 500 représentations depuis sa création. Aussi, elle figure parmi les classiques de la littérature française, probablement en raison du caractère innovant de son auteur mais aussi de ses thèmes : l'autorité parentale sur les enfants et l'amour. Les critiques ont été unanimes pour reconnaître la grande valeur de la pièce, même s'ils s'opposent souvent quant à l'interprétation qu'ils en donnent. Alors que certains y voient un vaudeville, par exemple Louis Jouvet (acteur et metteur en scène français, 1887-1951), d'autres, comme Goethe (1749-1832), y voient une tragédie. Chacun y va de son avis, influencé par les courants intellectuels alors en vogue. Le sujet ne tarit jamais, tant il est universel. *L'Avare* est d'ailleurs la pièce de Molière la plus connue et la plus appréciée dans le monde arabe, et notamment en Algérie.

UNE SOURCE D'INSPIRATION

Les thématiques de l'avarice et du père qui tyrannise sa maison ont inspiré de nombreuses œuvres. Ainsi, peut-on voir un nouvel Harpagon à travers le père Grandet dépeint par Balzac (1799-1850) dans *Eugénie Grandet*. Comme Harpagon, il soumet sa maisonnée

à ses caprices, s'oppose aux projets de mariage de ses enfants, etc.
Le père Grandet diffère toutefois d'Harpagon sur un point : il est plus
honnête, plus calme et, surtout, il aime sa famille. Ces différences
s'expliquent par le contexte de la production de l'œuvre et par la
volonté différente qui a animé l'auteur : il ne s'agit plus de faire rire
mais de dépeindre un cadre social précis.

L'Avare a également inspiré plusieurs œuvres musicales. Le compositeur italien Giuseppe Sarti (1729-1802) et le compositeur germano-
italien Johann Simon Mayr (1763-1845) ont ainsi écrit des drames
musicaux intitulés *L'Avare*, inspirés du thème de l'œuvre de Molière.
Le compositeur autrichien Franz Joseph Haydn (1732-1809) a également composé un intermède musical sur ce thème au début du
XIXe siècle.

DE NOMBREUSES ADAPTATIONS

Figurant parmi les pièces les plus jouées à la Comédie-Française,
L'Avare a connu autant de représentations que d'adaptations. Chaque
acteur qui a incarné Harpagon lui a transmis de nouveaux traits. Et,
lorsque la fonction de metteur en scène apparaît, c'est toute la pièce
qui reçoit une nouvelle signification, différente à chaque nouvelle
mise en scène.

Avec l'invention du cinéma, c'est un nouveau médium qui s'offre à
cette œuvre incontournable, même si peu de pièces de Molière ont
été adaptées sur grand écran. *L'Avare* fait exception, car plusieurs
films ont été tirés de la pièce, et ce dès l'invention du cinéma grâce
notamment à Georges Méliès (1861-1938), en 1908. Le film le plus
populaire est sans doute *L'Avare* de Jean Girault (1980) dans lequel
Louis de Funès (Harpagon) et Michel Galabru (Maître Jacques) se
donnent la réplique. Si Louis de Funès, qui a participé activement à
la réalisation du film, a tenu à ce que celui-ci ne s'écarte pas du texte

original, quelques répliques et mimiques – qui lui sont chères – ont été ajoutées, sans doute pour que le public retrouve la gestuelle à laquelle l'acteur l'a habitué. C'est notamment visible dans la scène durant laquelle Harpagon fuit devant une mendiante, ainsi que dans celle où il fait son « Donald Duck » au tribunal. Le film connaît un véritable succès et enregistre plus de deux millions d'entrées en France lors de sa sortie.

La pièce de Molière a également été adaptée en bande dessinée, afin de cibler un public plus jeune et d'initier celui-ci d'une manière différente aux classiques de la littérature française. Aussi, ce type d'adaptation permet de donner une nouvelle lecture de la pièce et d'unir les classiques littéraires à un genre parfois encore mal consi-déré. Parmi ces adaptations figure la bande dessinée (1977) de Jean-Pierre Lihou, sans doute la première du genre. Elle reprend le texte intégral de Molière, respectant la structure en actes et en scènes de la pièce originale. Le côté non fini des dessins de Lihou permet au lecteur de s'approprier les personnages. Aussi, cela répond au texte de Molière qui ne donne pas vraiment d'instructions sur l'apparence de ses personnages : on sait qu'Harpagon porte des lunettes et des vêtements démodés, que c'est un vieillard, mais rien de plus. En ce sens, Lihou respecte les consignes de Molière à travers ses dessins.

BIBLIOGRAPHIE

SOURCES BIBLIOGRAPHIQUES

- Combeaud (Bernard), *Molière. L'homme-théâtre*, Toulouse, Milan, 1999.
- Dauvin (Sylvie et Jacques), L'Avare. *Molière. Analyse critique*, Paris, Hatier, coll. « Profil d'une œuvre », 1979.
- Mallet (Francine), *Molière*, Paris, Grasset, 1986.
- Mesnard (Jean), *Précis de la littérature française du XVIIe siècle*, Paris, Presses universitaires de France, 1990.
- Molière, *L'Avare*, Paris, Larousse, 1990.
- *Molière*, Paris Match, coll. « Les géants de la littérature mondiale », 1969.
- Simon (Alfred), *Molière*, Paris, Seuil, 1974.
- Truchet (Jacques), *Thématique de Molière. Six études suivies d'un inventaire de son théâtre*, Paris, SEDES, 1985.
- Vernet (Max), *Molière : côté jardin, côté cour*, Paris, Nizet, 1991.

SOURCES COMPLÉMENTAIRES

- Conesa (Gabriel), *Le dialogue moliéresque : étude stylistique et dramaturgique*, Paris, Presses universitaires de France, 1983.
- Dandrey (Patrick), *Molière ou l'esthétique du ridicule*, Paris, Klincksieck, 1992.
- « Projet Molière 21 », in *Molière Paris-Sorbonne.fr*.
  http://moliere.paris-sorbonne.fr/
- « *L'Avare* », in *La Comédie-Française.fr*.
  http://www.comedie-francaise.fr/histoire-et-patrimoine.php ?id=381

SOURCES ICONOGRAPHIQUES

- Portrait de Molière, par Pierre Mignard, vers 1658. La photo reproduite est réputée libre de droits.
- Harpagon et La Flèche dans l'acte I, scène III, lithographie de Friedrich Weise, vers 1810. La photo reproduite est réputée libre de droits.

ADAPTATIONS

- *Molière. L'Avare*, bande dessinée de Jean-Pierre Lihou, Paris, Dessain et Tolra, 1977.
- *L'Avare*, film de Jean Girault et Louis de Funès, avec Louis de Funès, Michel Galabru, Claude Gensac, France, 1980.
- *L'Avare*, téléfilm de Christian de Chalonge, avec Michel Serrault, Jackie Berroyer et Nada Strancar, France, 2006
- *Molière. L'Avare*, bande dessinée de la Toto brothers'Company, Vents d'Ouest, 2006.

Éditeur responsable : Lemaitre Publishing
Avenue de la Couronne 382 | B-1050 Bruxelles
info@lemaitre-editions.com

ISBN ebook : 978-2-8062-6610-1
ISBN papier : 978-2-8062-7074-0
Dépôt légal : D/2015/12.603/451
Couverture : © Lisiane Detaille